Le châte

Évelyne Reberg habite en Côte-d'Or. Professeur de lettres, puis bibliothécaire, elle est auteur de nombreuses histoires pour enfants.

Du même auteur dans Bayard Poche :

Le dragon chanteur (Les belles histoires)

C'est la vie, Julie ! - La vieille dame et le fantôme - Les Lili Moutarde - La bibliothèque ensorcelée - P'tit Jean et la sorcière - L'auto fantôme - Hurlenfer - Les cinq fantômes - Bouboul Maboul - L'arbre aux secrets - Le sifflet du diable - Ma mémé sorcière (J'aime lire)

Nadine Soubrouillard est née en 1961. C'est à l'école des Arts décoratifs de Strasbourg qu'elle affine sa palette et devient illustratrice. Aujourd'hui elle dessine pour les petits et les grands.

Septième édition

Le château hanté

Une histoire écrite par Évelyne Reberg
illustrée par Nadine Soubrouillard

J'AIME LIRE

BAYARD POCHE

1
Offre exceptionnelle

Chaque année, Charles venait passer ses grandes vacances chez sa mémé Adèle. Elle habitait en ville, dans un tout petit studio, et pourtant la vie auprès d'elle était belle comme dans un film. Charles et Mémé flânaient dans les rues, allaient au cinéma, à la piscine...

Mais cet été-là, quand Charles arriva, Mémé avait l'air soucieuse. Elle annonça qu'elle était si fatiguée qu'elle ne pourrait plus se promener, et elle soupira :

– Mon pauvre petit, tu vas t'ennuyer…

– Ne t'en fais pas, lui dit Charles. Quand on a une mémé comme toi, on est toujours en forme.

Pourtant, Mémé ne cessait d'observer son petit-fils, à la dérobée*. Elle marmonnait :

* Cela veut dire en cachette.

6

— Il tourne en rond, il s'ennuie, j'en suis sûre. Et puis, il est si pâle…

Alors un jour, elle décida :

— Je vais louer une maison à la campagne.

— Tu n'as pas assez d'argent, Mémé.

— Quand on veut, on peut ! déclara Mémé.

Et tous les matins, elle se mit à lire les petites annonces du journal. Hélas ! les maisons « en bon état » ou « bien situées » étaient vraiment trop chères.

— Attendons, disait Mémé. Quelqu'un nous proposera peut-être son hangar ou sa cage à lapins…

Et puis, un jour, elle brandit le journal et lut
sur un ton de triomphe :

Offre exceptionnelle ! Château, 25 pièces,
location gratuite et sans limite, calme complet.
Attention ! Habitation légèrement hantée
par ancien propriétaire, Auguste Terreur,

poète étrangleur devenu fantôme à sa mort.
Peureux et cardiaques s'abstenir.
Château des Trois Pendues,
Hameau des Cris Sauvages,
11111 Sainte-Terreur-en-Plaine.

Mémé s'exclama :
– Vingt-cinq pièces ! Tu te rends compte ? Et c'est gratuit !

– Voyons, Mémé, bredouilla Charles. Tu... tu as bien lu ?

Mémé se mit à rire :

– Un fantôme ? Ce serait trop beau, n'est-ce pas, Charles ?

Le jour suivant, tout fut réglé. Mémé courait partout, très affairée :

– Vite ! Ferme ton sac ! Moi, il ne faut pas que j'oublie mon maquillage, ni ma théière ! Il ne faut emporter que le strict nécessaire. Vite ! Vite ! Notre car part dans une heure.

2
Chahut dans la nuit

Quelles vacances, mais quelles vacances se préparait Mémé ! À leur arrivée à Sainte-Terreur, Charles frissonna. Un silence de mort régnait dans le village. Les fenêtres des maisons à l'abandon faisaient de gros trous noirs.

Mémé s'exclamait :

– Quel cadre ! Quel calme !

Le château se voyait de loin, perché sur la colline des Cris Sauvages.

En poussant la porte, Mémé se mit à tousser. Elle s'écria :

– Ça sent gentiment le moisi, n'est-ce pas ?

Elle alluma sa lampe de poche.

– Quelle chance ! C'est meublé ! disait-elle en arpentant les immenses salles sombres où ses pas résonnaient.

Elle tomba en arrêt devant une pièce au plancher effondré :

– Là, je mettrai mon coin tricot et mon coin tisane. Le plafond s'écaille au-dessus, mais qu'importe ! Et toi, où t'installes-tu ?

– Je reste près de toi ! dit Charles en se serrant contre sa mémé.

Les premiers temps, rien de bizarre n'arriva vraiment. En faisant son ménage, Mémé Adèle soulevait des tempêtes de poussière et s'emmêlait dans les toiles d'araignée. Elle se sentait de plus en plus alerte.

– L'air de Sainte-Terreur me réussit. À toi aussi,

Charles. Tes joues sont roses. Un vrai miracle.

Mais Charles était un peu troublé parce que, de temps en temps, il croyait entendre le parquet ou le lustre grincer.

Un soir, il lui sembla voir une soupière qui se promenait. Il se leva d'un bond et cria :

– Arrière, espèce d'horreur sauvage !

La chose s'évanouit et Charles murmura en secouant Mémé :

– J'ai vu... j'ai entendu quelque chose...

– Sans doute une chauve-souris qui faisait froufrou ! répondit Mémé en se rendormant.

Mais une nuit, brusquement, à minuit pile...

le château des Trois Pendues fut secoué comme un panier à salade. Charles et Mémé se redressèrent en entendant l'énorme raffut qui ébranlait les murs. On aurait dit qu'un géant en sabots sautait sur la toiture.

— Ça, c'est du chahut de fantôme, j'en suis sûre ! cria Mémé.

— Ne bouge pas, supplia Charles.

Mais malgré ses supplications, la vieille dame chaussa ses pantoufles et monta dans la tour. D'un seul coup, tout fut calme.

Le pauvre Charles crut que sa mémé était morte. Pourtant elle réapparut, bien vivante.

– Ce n'étaient que des cloches, dit-elle. Trois simples cloches sur la tour. Le vent a dû les pousser !

– Bien sûr, dit Charles en se forçant à rire. Ce sont elles, les « Trois Pendues ».

Pourtant, là-haut, dans la nuit, les cloches s'étaient remises à sonner une mélodie plaintive : « Do do do ré mi ré ».

– C'est drôle, on dirait qu'elles sonnent *Au clair de la lune*, murmura Mémé.

Charles fut un peu rassuré, mais le soir suivant, quel tapage, à nouveau ! Cette fois, des cris montaient de la cave. Des cris si étranges ! On aurait dit des rires de démons... ou des pleurs de bébés.

Mémé déclara avec assurance :

– Bon, je descends !

Quand elle réapparut, si petite dans la pièce immense, elle annonça :

– Ce n'étaient que des chats ! Toute une tri-

potée de chats qui se battaient sur un piano édenté ! Dormons maintenant !

Mais quelques secondes plus tard, une petite voix désolée s'éleva de la cave et gémit : « Do do do ré mi ré. »

– *Au clair de la lune* ! Encore ! chuchota Charles.

– Les chats qui jouent du piano ? dit Mémé. Ça, oui, c'est un peu bizarre...

Et cette nuit-là, Charles fit d'affreux cauchemars.

3
Charles a peur

Les jours suivants, tout se déroula normalement. Mémé faisait du rangement et Charles nageait dans l'étang. Mais dès que le soir tombait, une apparition semblait gigoter dans l'air.

Une fois, Charles vit une descente de lit qui voltigeait au-dessus des ronces.

Il s'écria :

— Mémé, tu as vu ce truc mité ?

— Non, dit Mémé, mais tout à l'heure il m'a semblé apercevoir un énorme spaghetti qui se tortillait au-dessus de moi.

Elle se tut un instant, puis ajouta tout bas :

— J'ai même entendu des rires.

— Des rires ? Des rires de quoi ? dit Charles en frissonnant.

— Des rires de fantôme... assura Mémé.

Elle devait avoir raison parce que, durant la

nuit qui suivit, le chahut reprit de plus belle. Il y eut un charivari de cris, de cloches, de cloches, de cris, en bas, en haut, en haut, en bas. Et chaque fois que le silence revenait, le même petit air, « do do do ré mi ré », se faisait entendre. Ce fut une nuit effroyable. Au matin, Charles avoua :

– Je me sens un peu barbouillé. Si on rentrait chez nous ?

— Comment, Charles, s'écria Mémé, tu vas peut-être avoir l'occasion de rencontrer un vrai fantôme, et tu veux t'en aller ? Charles gémit :

— Mais… si… s'il nous étranglait ?

— Ne dis pas de bêtises ! dit Mémé. Écoute. Cette nuit même, nous l'attendrons et nous lui demanderons fermement ce qu'il veut. D'accord ?

Charles ne voulait surtout pas que sa mémé

le prenne pour un poltron*. Il dit en tremblant :

– D'accord, Mémé.

Toute la journée, Mémé but du thé, et le soir, elle ne s'endormit pas. Mais, hélas ! le fantôme ne se montra pas. Il n'y eut pas le moindre « atchoum », pas un soupir, rien. Le château était aussi silencieux qu'un tombeau. Dehors, la nuit de pleine lune était vide de tout. Une nuit, deux nuits, trois nuits s'écoulèrent ainsi, minute après minute.

* Être poltron, cela veut dire manquer de courage.

Dans la journée, Charles et Mémé ne tenaient plus debout. Et chaque nuit, ils réfléchissaient à voix basse, serrés l'un contre l'autre.

– Ce maudit revenant doit nous guetter...

Il se tapit sûrement dans un coin sombre, il espère nous terroriser. Mais c'est lui qui finira par déguerpir...

Une nuit, à minuit, Mémé eut une idée :

– Si on chantait son code secret ? Tu sais, l'air de *Au clair de la lune* ?

4
L'apparition

Dans la nuit noire, épaisse comme de la poix*, Mémé chanta d'une voix tremblotante :

– Do do do ré mi ré...

Alors, une voix rauque s'éleva quelque part :

– Je vous demande pardon si je vous donne

* C'est une matière épaisse comme du goudron.

des émotions. Je suis laid comme un limaçon, sans complet ni veston, tout crado et souillon... Désirez-vous mon apparition ?

— Oui... souffla Mémé, tandis que Charles gémissait en se couvrant les yeux :

— Non... oh non...

La voix reprit :

— Je vous avertis, dans le noir, je m'énerve facilement et je fais très peur aux gens. Tenez-vous vraiment à me voir ?

Mémé s'exclama :

— Vous en faites, des chichis ! Dépêchez-vous, que diable !

Alors il apparut, recroquevillé, dans le fauteuil à bascule, entortillé dans une espèce de rideau. Son crâne semblait avoir été astiqué par Mémé et ses yeux étaient creux.

Mémé dit poliment :

– Bonjour !

Le fantôme sourit aimablement comme pour faire admirer ses mille grosses dents. Charles ne le trouvait pas trop rassurant. Il était trop maigre, et son sourire de chèvre était affreux. Quand il parlait, sa voix crachait comme un vieux poste de radio.

– Autrefois, je fus un poète étrangleur, voilà

pourquoi on m'appela Terreur. Mais n'ayez pas peur. Je suis un bon garçon. Appelez-moi Auguste, c'est mon prénom.

Mémé toussota et déclara :

— Je suis très heureuse de faire votre connaissance, Monsieur Auguste. Mais dites-moi... hum... tout ce tapage, la nuit, vous le faites pour nous chasser d'ici ?

Le fantôme bêla de sa voix crachotante :

— Je ne vous chasse pas, oooh non, je vous

appelle. Je voudrais vous entendre, alors je vous réveille.

Charles et Mémé se regardèrent.

Mémé chuchota :

– On dirait qu'il déraille un peu.

– À mon avis, murmura Charles, il veut nous montrer qu'il est poète et qu'il sait faire des vers.

Mémé s'exclama avec enthousiasme :

– Vous avez un grand talent, Monsieur Terreur. Laissez-moi vous applaudir.

À ces mots, le fantôme sursauta, il bondit sur Mémé en haletant d'une voix caverneuse :

— Crâne, mon vieux crâne, entends-tu ce que j'entends ?

Il criait comme un possédé*, si fort qu'un vase se fracassa et une petite fleur se noya dans sa flaque.

— Par l'enfer et par mes ossements, hurlait le fantôme, je n'en veux pas, de vos applaudissements ! Il me faut l'air, ce fameux air !

— Vous êtes un peu nerveux, dit Mémé. Voulez-vous un cachet ?

Mais comme elle cherchait un médicament,

* Il criait comme un fou.

un vent glacé envahit la pièce et le cachet s'envola parmi les draps de lit, les couvertures, les meubles, les bibelots. Le grand osseux tourbillonnait. Il hurlait :

— Votre dernière heure est venue... venuuue dans le château des Trois Penduuues !

Charles agrippa Mémé par la main :

– Cachons-nous !

Mais le fantôme ricanant étira ses bras immenses devant eux pour leur barrer la route. Puis il se glissa vers la vieille dame et, comme dans un film d'épouvante, ses deux longues mains se tendirent vers son cou.

Mémé hurla :

– Arrière, grand fou furieux ! Ôtez vos doigts crochus, mal élevé ! Charles, donne-moi une idée ! Je ne sais plus que faire !

Charles balbutia :

– Oh, Mémé... tu ne peux pas l'assommer ni...
te cacher, ni... ni l'emprisonner ! Comment s'y
prend-on, avec un fantôme ?

Soudain, une idée lui vint :

– Chante, Mémé !

– Quoi ?

– Chante, criait Charles, « do do do ré mi
ré... »

– Vraiment ? dit Mémé. Tu... tu crois... ?

Mais le fantôme s'était immobilisé et Mémé
reprit son sang-froid. Elle entonna, de sa voix
fluette et tremblée :

– « Au clair de la lune... »

Ô miracle, le fantôme ballottait de la tête comme un vieux bébé. Mémé s'interrompit.

– Vous ne voudriez pas quelque chose de moins enfantin ? Vous avez plus de cent cinquante ans, tout de même ! À votre âge...

Mais Terreur ouvrit une énorme bouche noire, et Mémé reprit vite :

– D'accord... mais cette chanson est si connue. Permettez-moi au moins d'en changer les paroles.

Et elle improvisa :
« *Quand la lune ulule,*
Les fantômes noirs
Claquent des rotules
Et crient dans le soir.
Parmi nous ondulent
Des êtres hideux
Avec de gros rires
Et des yeux crayeux. »
Le fantôme s'était mis à
flotter doucement.

Quand Mémé eut fini, il planait dans les airs, comme un nuage.

5
Adieu, Terreur

Le corps du fantôme s'effaça peu à peu, et on entendit sa voix, un peu lointaine :

– Autrefois, il y a bien longtemps, chaque soir cet air m'était chanté par ma maman. Je voulais l'entendre une fois encore, avant de m'endormir du grand sommeil de la mort. Voilà

pourquoi j'ai passé mon annonce dans le journal. Hélas ! chaque fois que quelqu'un me
voyait, il fuyait ou mourait de peur ! J'avais
beau me cacher, réveiller mes visiteurs avec de
jolis bruits de chats ou de cloches, personne ne
voulait me chanter ma chanson. Charles,
Mémé, vous seuls avez su m'apporter la paix.

Terreur semblait fondre dans l'air. Il était

devenu maigre comme un vermisseau*. Sa voix semblait venir d'ailleurs :

— Merci, dit-il, merci, Mémé, d'avoir chanté ma chanson de votre voix si grêle.

— Ma voix grêle ? protesta Mémé. Il veut dire belle, je suppose.

— Chut... écoute... murmura Charles.

* C'est un petit ver.

— Adieu, reprit Terreur en un dernier souffle. Je m'en vais pour l'éternité.

Mémé cligna des yeux, ajusta ses lunettes. Charles regarda autour de lui. Le fantôme avait disparu, avalé tout cru par la nuit.

Charles et Mémé restèrent un moment silencieux. Bientôt le soleil éclaboussa les vitres et l'étang fut tout chaud.

6
Merveilleuse annonce

Quand les habitants de Sainte-Terreur apprirent l'exploit de Charles et de Mémé, ils regagnèrent les maisons qu'ils avaient abandonnées depuis si longtemps. Et ils voulurent leur donner le château en récompense. Mémé leur répondit :

— Mesdames, messieurs, je vous remercie beaucoup, je ne veux pas de votre château. En vérité, quand il était hanté, il nous intéressait beaucoup, mon petit-fils et moi. Nos vacances à Sainte-Terreur resteront inoubliables. Mais maintenant, dans toutes ces pièces immenses, que faire sinon du ménage, et encore du ménage, sans compter les réparations. Ne vous vexez pas, mais je préfère mon petit studio. Mon petit-fils aussi.

Charles acquiesça.

Une semaine plus tard, Mémé préparait un

gâteau au chocolat dans sa petite cuisine quand
Charles lui cria :

— Mémé ! Je viens de lire une merveilleuse
annonce dans le journal, écoute !

Offre exceptionnelle !
Phare isolé en pleine mer,
location gratuite et sans limite.
Vue magnifique.
Attention !
Monstre marin signalé dans les parages.
Peureux et cardiaques s'abstenir...

J'AIME  LIRE

Les premiers romans à dévorer tout seul

 Se faire peur et frissonner de plaisir **Rire et sourire avec**

des personnages insolites **Réfléchir et comprendre la vie de**

tous les jours **Se lancer dans des aventures pleines de**

 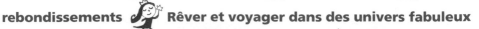

rebondissements **Rêver et voyager dans des univers fabuleux**

Le drôle de magazine
qui donne le goût de lire

- un roman inédit illustré
- des jeux pour s'amuser et être créatif
- la célèbre BD de Tom-Tom et Nana et bien d'autres surprises !

Le **1er** magazine des **7-10** ans

Disponible tous les mois chez votre marchand de journaux ou par abonnement.

Princesse Zélina

Plonge-toi dans les aventures de Zélina,
la princesse espiègle du royaume de Noordévie.

Découvre les plans
diaboliques de sa
belle-mère qui voudrait
l'écarter du trône...
et fais la connaissance
du beau prince Malik,
un précieux allié
pour Zélina.

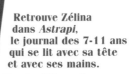

**Retrouve Zélina
dans *Astrapi*,
le journal des 7-11 ans
qui se lit avec sa tête
et avec ses mains.**

Tous les 15 jours chez
ton marchand de journaux
ou par abonnement.

Dans le manoir de Mortelune vit une bande de monstres affreux,
méchants et bagarreurs : tu vas les adorer !

Achevé d'imprimer en janvier 2003 par Oberthur Graphique
35 000 RENNES – N° Impression : 4682
Imprimé en France